김희 신앙시집

함께하리라

김희

김희

경기도 안산 거주,
안산동산 교회 권사,
한국방송통신대학교(국어국문학과 졸업)
문학예술 등단,
안산여성문학회 회원

저서 : 시집 길 위에서, 다수의 공저

메일 주소: kimhee48@naver. com

김희 신앙시집
함께하리라

초판 인쇄일 2023년 2월 25일
초판 발행일 2023년 2월 25일

지은이 김희
펴낸이 장문정
펴낸곳 도서출판 그림책
디자인 토마토
출판등록 제2010-000001
주소 경기도 수원시 영통구 이의동 웰빙타운로 70
연락처 TEL070-4105-8439
출판문의 : 010 2676 9912

E-mail : khbang21@naver.com

김희 신앙시집

함께하리라

시인의 말

사람과 사람 사이에 사랑이 찾아왔을 때와 다르게 주님의 사랑이 찾아왔을 때는 사람들이 망설이는 모습을 많이 볼 수 있습니다. 저도 그랬으니까요. 그러고도 그 사랑이 믿기지 않아 방황한 시간은 오래였습니다. 그렇다고 지금도 완벽한 사랑을 하고 있다는 것은 아니지만, 자신 있게 말 할 수 있는 것은 때로는 감격하면서, 때로는 보채기도 하며, 그 사랑에 물들고 감격 하면서 살아가는 것이 행복하다는 것입니다.

시 공부를 시작 하면서부터 나의 부족함을 살피는 마음으로 자격 없음에도 신앙으로 보낸 시간을 시집으로 엮어보고 싶었습니다. 누군가를 찌르고 누군가에게는 찔리는 가시를 많이 가진 내가, 아직 말씀이 많이 부족한 가운데서 아버지께 누가 되는 일이라 가슴 한 구석에 묻어두고 만 있었던, 그러나 보았던 풍경과 생각이 돌아서면 달아나는 나이가 되어 더 기다리지 못하고 무거운 마음 주님께 맡기며, 나와같은 생각을 가진 누군가와 나누고 싶은 생각에 담임 목사님과 교구 목사님의 설교 말씀에서 받은 은혜와 삶에서 느끼고 보았던 감동을, 그 마음을 적어 보았습니다. 아버지께 향하는 시선과 전언을 성도님들과 공유하고 싶은 마음에 어설프나마 부끄러운 가운데서도 주님 사랑 구하며, 용기 내어 책으로 엮어 봅니다. 그러므로 이것은 시라기 보다 저의 걸어온 한걸음한걸음, 순간순간의 고백입니다.

하나님, 이 세상 살아가는 동안 아버지만 빛나게 하시고 사는 동안 등경 위에 등불이 되어 길 위의 작은 빛 되게 하여 주옵소서, 말씀 따라 살게 하시는 아버지 은혜에 무릎 꿇어 감사하며 무릎 꿇어 감사하며 하나님의 꿈이 나의 비전이 되고 예수님의 권능이 나의 능력이 되길 소원하며 바라고 구하며 기도합니다.

이 책의 판매 대금 모두는 아프리카 우물 사업에 보내집니다.

2023년 겨울
안산 동산 교회 권사 김 희

김희 시인은 이 신앙시집을 통해서 지난 3년여 간의 코로나19로 인한 낯선 상황 속에서 성도로서 하나님과 더 깊은 사귐을 살아가고자 했던 수고와 애씀을 보게 됩니다. 특별히 "내 믿음은 뜨거웠다 식었다, 이 발 달린 믿음을 탓하면서 뜨거운 날씨를 증오하고 있다."(여름)라는 구절을 통해서 코로나19로 인한 사회적 거리두기를 지키기 위해서 예배당에 나아가지 못하며, 장기간 비대면 온라인 주일예배가 주는 편안함에 안주해 가는 시인의 진실한 고백이 담겨 있음을 보게 됩니다. 김희 시인은 일평생 단 한 번도 경험하지 못한 코로나19의 공포 속에서 신앙과 삶의 깊은 고민과 성찰을 시로서 담아내고자 하였습니다. 그러기에 이번 시집은 단순한 모음집을 넘어서 김희 시인의 삶의 노래이며, 신앙의 고백이 고스란히 석혀 있습니다.

'사월1', '함께 하리라', '은혜', '광야', '찔레꽃 향기' 를 비롯한 여러 시들에서 김희 시인은 하나님의 은혜를 노래하고 있습니다. 사람이 하나님 앞에서 어떠한 자격과 조건을 갖추었기에 그 분의 사랑과 은혜를 받는 것이 아니라 전적인 하나님의 은혜가 함량미달이고 자격조건이 전혀 없는 죄인인 우리에게 부어지고 있음을 시적 언어로 표현하고 있습니다.

또한, 신앙인으로서 시인이 하나님의 뜻을 구하며, 그 뜻하심에 순종함으로 살아 나아가길 다짐하는 모습이 인상적입니다. "아버지 이 욕심 십자가에 못 박아 주소서"(욕심), "거룩한 곳이니 신을 벗어라 능력보다 순종을 바라셨다"(떨기나무로 오신 예수님). 김희 시인은 하나님의 은혜를 시로서 노래할 뿐 아니라 더 나아가 성도로서 살아가기 위한 진실한 결단과 순종을 고백합니다. 실제로 김희 시인과 함께 신앙 생활하는 목사로서 나는 그의 순종의 걸음이 삶 속에서 아름답게 꽃피우고 있음에 행복합니다. 김희 시인의 노년의 삶이 아버지 되시는 하나님과 동행하며 더욱 깊은 사귐으로 열매 맺혀질 것을 기대합니다. 또한 김희 시인의 신앙고백이 담긴 이 시집이 코로나19를 겪은 수많은 사람에 깊은 공감으로서 위로와 도전 그리고 소망으로 나아감에 소중한 도구가 되길 기대합니다.

안산동산교회 목사 최 기은

김희 수필집
함께하리라

함께하리라

김희 신앙시집

함께하리라

여름

푹푹 찌는 폭염에 코로나19
사람들이 모두 어디로 여행을 떠난 것처럼
팔월의 거리는 텅 비워있다

날씨와 상반되게 마음은 식어가고 있고
교회를 가지 못한지 오래된 지금
휴대폰으로 드리는 예배가 익숙할 때가 되었지만
더위에 늘어진 나뭇잎처럼 시들하니 지쳐있다

마트에서 고르고 있는 자두의 몸이 땀에 미끈거리고
베스킨라빈스 켄터키치킨 먹고 싶은 것이 없다
하나님, 죽어가고 있는 도시, 어떤 마음이실까

신호등은 대면이나 비대면이나 충실하게 몸을 바꾸는데

내 믿음은 뜨거웠다 식었다
이 발 달린 믿음을 탓하면서
뜨거운 날씨를 증오하고 있다

사월 1

이 땅의 생명
따뜻한 온기로 기지개 켜는 봄

햇빛의 지문으로 지문같은 민들레가 피어나고
스물스물 물올라 눈 뜨는 나뭇잎
꽃 피울 날 기다리는 개나리의 꽃망울
목청껏 노래하는 새들

물 뿌리지 않아도 젖어있는 땅
그 땅 곳곳 살 풋 내려앉는 햇볕의 온기에
사람들이 외투를 벗어든다

언 땅에 불 지피는
분명 누군가의 손길로
이 땅의 모든 것이 댓가 없이 누리는 은혜
은혜와 축복으로 사월은 그렇게 온다

하나님 추운 겨울에도 일하고 계셨다

흰나비같이

12월의 눈이 내린다

흰나비같이 나풀나풀 춤을 추며
하늘에서 내려와 길을
잠재우듯 포근하게 내린다

집들과 전신주가 눈 속에서 편안하다
아버지 은혜같은 눈 속에서는
모두가 편안하다

성탄절을 며칠 앞두고 내리는 눈
아버지의 은혜와 아버지 축복으로
이 나비들이 추고 있는 춤
이 사랑할 수밖에 없는 깨끗한 영혼들

남자와 여자가 나비 떼 속을 걸어가고 있다
은혜와 축복속을
성탄절을 앞둔 진열장의 장난감처럼 예쁜 모습

눈을 감아도 느끼는 하나님 은혜
눈 감고 있어도 쏟아지는 아버지의 축복

이 아름다운 눈의 잔치
하나님 베푸시는 이 편안함
나도 이 은혜 속을 걷기위해 서둘러
외투를 집어든다

주님께 맡겨라

강물은
하늘에 구름 두고 조용히 흐른다
구름의 마음 끄집어 내리지 못하는
아쉬움과 갈망 안은 채

어차피 우리의 수고가 미치지 못하는 일

머물 수 없고 품을 수 없음에는
그저 강물처럼 흘러 갈 뿐이라

내가 할 수 없는 것
같이 가지 못하고 같이 하지 못함에
서운 하지 말자

사람에게 받은 상처 오롯이 주님께 맡기고
강물 되어라

우리가 할 수 없는 대신
불쌍한 인생 되지 말라 기도하며 축복하라
기도와 은혜 먹고 자라는 우리도
품을 수 없음에는
말로만 가기에는 멀기만 한 길

흐르는 강물로 흘러가라

함께하리라

참외 꽃은 암꽃 수꽃 떨어져 홀로 피고 있다
이런 꽃에게 하나님은 외롭지 않을까
덩굴손을 주셨고
벌 나비 통하여 사람을 통하여
홀로 피는 꽃에게 꽃가루를 옮겨 열매 맺게 하셨다

하나님 우리에게도 덩굴손을 주셨다
말씀의 통로를 함께 걸어가는 누구라도
서로가 손 내밀어 어울릴 수 있도록

어느 곳에 있어도 내가 너희와 함께 하리라 약속하신 말씀
슬픔과 고통, 아픔을
덩굴손같은 마음으로 함께 할 때
우리에게 꽃가루를 덧 입혀 주시는 하나님

우리 모두의 열매에 함께 하신다

강하고 담대 하라

믿고 의지하던 모세의 죽음
여호수아 두려움에 떨고 있을 때 가나안은 멀기만 했다
그때 등 뒤에 들리던 아버지 음성
강하고 담대 하라
놀라지 말라 말씀하신 아버지

무엇을 가지고도 내 방법으로 살아 갈 수 없는
암울한 현실
강하고 담대 하라 하시는 아버지 말씀

어디서든지 말씀 믿고 신뢰하며 걸어갈 때
하나님의 권능이 나의 능력이 되게 하시어
내가 걸어가고 있는 먼 길에는
언제나 아버지 계셨다

모두가 은혜인 것을

언제부턴가
은은한 달빛처럼 찾아온 숨결이
온몸을 감싸며 안아 주었지만
그때는 누구인지 알지 못했다

가끔씩 자주 찾아와 전해지는 숨결로
마음이 열리고
무심코 두 팔 벌려 맞이하고 난 그 후

지금 까지 살아온 것
내가 누려 왔던 모든 것
당연한 게 아니었고 우연이 아니었음을
내가 숨 쉬고 있는 지금 이 시간이
내 영혼 맡기는 그날의 마지막 시간도
내 인생 모두가 하나님 그려 가시는 그림의 한 조각

나의 죄 대신 하시어
값없이 댓가 없이 물과 피 내어주시어
심한 눈보라 속에서도 죽지 않고 깨어있게 하시고
내 잘못 아시고도 눈감아주사
더함 없는 사랑으로 덮어주시며
좋은 것만 주시려 마음 쓰시는 아버지

이 모두가 아버지 은혜였음을

광야

해명도 없는 하늘은 뜨겁고
큰 바람이 먼지를 만들어
어디를 둘러보아도 보이는 길은 없다

지평선까지 무질서 하게 보이고
발밑에 땅들이 회전하여 홀로 어지러울 때
버림받은 생각은 원망으로 지쳐가고

그러나 이곳에도 하나님 함께 하시는 곳

우리 인생의 순례길

모두가 한번 아니 몇 번이라도 거쳐갈 수 있는 곳
보이는 것만 믿고 살아왔던 사람도
보이지 않는 누군가를 찾게 되어

바람을 피하여 싯딤 나무 아래
엎드려 있게 되면 그때야
하늘의 별들이 우리의 몸에서 솟아오르고
바람으로 머리가 얼빠진 모습 주워담는
힘찬 역사를 가진 사람이 되어
나이 먹고 철 들어 돌아오는 곳

숙성

오크통 속 시간을 견딘 포도는
좋은 향과 맛을 가진 포도주로 다시 태어났다
그 캄캄한 오크통에서의 시간
포도알이 견뎠을 발효의 그 시간
새롭게 태어날 수 있었다

우리가 동반하여 걷고 있는 이 고통과 고난
캄캄한 시간을 건너가면서
하나님 말씀으로 숙성되고 발효 되면
우리의 인생도 다시 태어 날 수 있다

은혜로 빚어지는 모든 것은 변질되고 썩지 않아
맛과 향이 좋은 포도주처럼
모두에게 사랑받는 인생

주님 우리를 만들어 갈 때
가장 아름다운 인생이 된다

아프지 않은 삶 되어라

오늘이라는 배를 타고 매일 항해 한다

때 없이 부는 작은 바람에
흔들리고 있는 코스모스의 가냘픈 몸

누군가의 설익은 사랑으로
찢긴 상처로 날고 있는 나비의 날개
어떤 꽃에도 앉지 못하고 서성이는 서러운 눈매로
날아다닐 때

울지 마라 아파하지 마라
은혜와 긍휼로 상처를 꿰매어주시며
아물 때까지 다독이신다

우리를 위한 기도가 오늘도 끝이 없으신 예수님

십자가의 길

해질녘 사거리
트럭 짐칸 용광로 속에는
목 잘린 킨타쿤테의 영혼들이 몸을 벗긴 채
줄줄이 꿰어져 돌아가고 있다

작열하는 불빛 속
불타버린 자유
슬픔이 녹아 눈물로 흘러내리는 갈색 몸둥이
순서대로 팔려가고 있다

하루를 수고한 가족들 앞에서
아직 남아있는 의식은 있어
잘 익은 통닭 한 마리가
십자가의 길 건너가고 있다

우리의 예수님은 영혼까지도 자신을 내어주셨다
하나님 바라심은 믿음과 빵 아닌 말씀으로
우리가 살아가기 원하셨다

많은 사람들 말하고 노래하지만
정작 가지 못하는 길
말로만 가기에는 멀고 멀어 못가는 길

예수님 홀로 걸어가시는 그 길
오늘도 십자가의 길 걷고 계신다

킨타쿤테 : 알렉스 헤일리의 소설 '뿌리'의 주인공

우리는 영원한 어린이

손주가 집에 왔다
이것 저것 많은 것 요구하면서
사랑한다는 말은 가끔씩만 해줍니다

떼쓰고 사고치고 말 듣지 않아도
손주는 아주 귀합니다
뭘 해줄까 궁리하고
세상을 다 주고 싶은 마음에 행복합니다

예수님의 자녀로 살고 있는 우리
가끔씩만 사랑한다 말하고
조르고 떼쓰고 보채기만 하지만
그런 우리도 예수님께 귀한 존재
더 좋은 것 주지 못하여 마음 아파하시는 예수님

우리가 아버지 집 찾아갈 때면
언제나 기다리고 계시다 반갑게 맞아주시는 아버지

언제나 아버지 품속에서 떼쓰고 사고치며
살고 있는 우리도 영원한 어린이

찔레꽃 향기

내가 한눈을 팔고 있을 때
찔레꽃 향기로 다가오시어
훅하고 숨을 불어 넣어주었을 때
찔레꽃 향기는 내가 제일 좋아하는 향기가 되었다

내가 가진 냄새가 아무리 역겨워도
서슴치 않고 손잡아 주시며
외면하지 않고 그 향기로 덮어주시는

가끔 이상한 모습으로
세상을 향하는 발걸음에도
다른 생각하며 살고 있어도
그때도 떠나지 않고 맴돌고 있는 찔레꽃 향기

은은한 향기로 찾아오신 그날 그때부터
나를 사랑하는 일
사랑을 가지신 예수님 일이 되었다

12월 어느 밤의 기도

지나온 발걸음 돌아보는 시간
기도하기도 부끄러운 밤
조마조마 걸어왔던 시간이
감사와 후회를 함께하는 밤이다

그러나 끝없는 후회는
지금은 잊고 버려야 하는 때
보내지 못하고 있는 마음속 편지 같은
바래진 시간의 아쉬운 이야기들을
오늘 밤에는 멀리 보내주어야 한다

이제는 아버지 축복을 기다려야 하는 시간
아버지 축복이 지난 해의 시간만 같기를
지나간 때를 감사하는 시간
사랑하는 모두를 위하여 고개숙여 축복해주는 시간이다

아버지 은혜 감사로 구하며
새로운 축복을 기도하는 시간이다

새하얀 눈 속 설피를 신고 오실 예수님
새로운 날의 너와 나 우리를

신을 벗어라

고운 믿음을 가졌던 시인은
하늘에 한 점 부끄러움 없는 삶 살기를 소원했다
교회의 종탑 십자가를 보면서도 부끄러운 마음에
피 흘리는 고통을 느낀다 했다

떨기나무에 오신 하나님
모세에게 신을 벗어라 말씀 하셨다
신을 벗어라 함은 순종함과 더러움을 벗으라는 말씀

내가 신고 다니고 있는 이 신
세상의 헛된 신
세상에 있는 말처럼 헌신짝 버리듯 버려야 하지만
나는 아직 이 신을 다 벗어 던지지 못하고 있다

사는 일로 신을 신고 걸어다녀야 하는 일은 많았고
신발 벗는 거룩한 일은 잠시 뿐이었다

사월 2

심난한 봄도 있다
잎을 틔우지 못한 나무들로
떠들썩한 날들이 연이어 계속되고

나는
그 바다 앞에 서 있다
봄이 묵언하고 있는 사월

소망이 없는 세상
예수님 우리의 잘못 앞에서 할 말을 잃으시고

진도 앞바다
예수님 여전히 침묵하시며
바다 가운데 계신다

남쪽 바다에서 들려오는 목소리
기운 잃은 봄이 있었다

나의 여리고

벽은 높았고 튼튼했다
탈출을 시도한 적 있지만
높은 벽으로 그때마다 실패로 끝났다

성은 더욱 견고했고 나를 둘러싼 벽은 통로를 보여주지 않았다
함락되기를 거부하던 그 성처럼

그러다
나는 말씀으로 준비하고 기도의 옷을 입고 무장하기 시작했다
아침마다 나팔을 불며 행진하였다

소비를 탐하고 살았던 나의 여리고가
나팔소리에 조금씩 무너져 가고

두벌 옷도 가지지 말라 하신 아버지
연약한 처지 되어 살아갈 때
나타나는 하나님 나라

아버지의 옷으로만 살아가게 하시고
은혜가 필요한 연약한 처지로 살게 하시어

많이 가진 것만이 축복이 아님을 깨닫게
하시니 감사합니다

이것도 은혜

잘 두었다고 생각한 곳에 찾는 것이 없다
기억에 의지하여 헤매는 일
익숙할 때도 되었건만
자꾸만 먼 곳으로 달아나는 기억을 한탄 한다

그러다 문득 생각 했어요
교만해서 무지해서 은혜의 기준을 몰라서 철없었던 때
힘들고 고단했던 시간들
기억이라는 발목에 잡혀서 잊지 못하고 살고 있다면
얼마나 불행할까
옛날에 못난 행동 잊어버리며 살고 있는 것
이것도 아버지 은혜인 것을

하나님 지나온 부끄러운 시간
매여서 좌절하지 않게 하시고
잊고 살아가게 하셔서 감사합니다

흐려지는 기억도 아버지 은혜임을

말 말 말

맛있고 좋은 음식 먹는 입에서 나오는 말
맛없고 쓴맛으로 변하여 거짓말 난무하는 시대
말이 많아 타락하는 시대
지상의 언어는 혼탁하고 좋은 음식은 독이 되었다

둥근 입으로 둥근 말 못하고
둥근 입에서 나오는 말은
각을 가진 말이 되어 상처를 만들고

정직함이 바보가 되고 바른말은 형벌이 되어
할 말을 잃어버려 입 다물고 사는 사람
말 못하고 사는 사람의 말 그 사람 말없음이 경전일까

누에는 뽕잎만 먹고도 비단실 만들어내고
동물은 몇 가지 소리만으로 부족함 없이 살아가는데

좋은 음식 먹고 토해내는 그 쓴 말과 말들
할 말을 잃어버리게 되는 지상의 언어

말 많아 말을 잃고 살아가야 하는
그 말 말 말

예수님 말씀만이 경전인 세상

어느 날 아침기도

아버지 주위 모든 사람의 안부가 걱정되는 아침입니다 코로나 19, 러시아 전쟁 북한의 미사일 온 세상 하나님 백성의 안부가 궁금한 아침입니다 아주 작은 믿음을 가진 내가 이처럼 이 땅을 걱정할 정도로 이 땅은 더럽고 부패해 가고 있습니다 이 땅의 정화를 바라며 기도합니다 우리에게 하시고 싶은 아버지 말씀이 무엇인지 무엇을 가르쳐 주시려 하시는지 많은 생각을 하게 하는 아침입니다 당연하다고 생각되었던 우리의 일상이 이 땅의 사람들 모두의 마음이 조각이 나고 그 형체를 잃어가고 있습니다 이 땅의 백성이 사경을 헤매고 심연에 빠져 아버지 은혜만을 두 손 모아 기다리는 아침입니다 지금까지 살아온 것이 우연이 아니라 아버지 은혜이었음을 한 번 더 절감합니다 아버지 이 땅의 모든 영혼들 불쌍히 여겨주시어 이 시대의 표적들을 분별하게 하시고 심연에서 허우적대는 영혼들을 건져내시어 오늘 하루도 아버지 그늘에서 살아가게 허락 하옵소서

아멘

어느 새벽에

모든 섬유질이 부서지는 소리로 뒤척이다
하늘의 별들도 가시가 되어 불편하다는 생각

그러다
그 나라에서 쫓겨날까 정신을 차리고
여기서 부터의 시간은 당신의 몫이라고
누명도 씌우면서 축제의 날에는
결코 빠뜨리지 말아 달라는 부탁도

당신의 고고함을 치켜세우기도
그러니 부디 냉담하시지 않기를

아버지와 많은 대화를 나누는 새벽이었다

빗물처럼 키워주시고

봄비가 내리고
빗물이 땅속 구석구석을 스며들어
잠자는 생명을 깨운다

우리에게 빗물처럼 오시는 예수님
우리 영혼 깨우시려
여기 저기 찾아 다니실 때

댓가 없이 내리시는 그 빗물
두 손 가득 손 내밀어
그 사랑의 물마시면
자라나게 되는 우리는 아버지의 꽃

빈들에서도 아버지 말씀 먹고
피어나는 아비지의 꽃

아버지 오늘도 빗물 되어 우리 키워 가신다

말씀만 보이게 하소서

예수님 내가 인정받고 싶은 자리 나를 높이는 자리에는
가지 않게 하시고
행여 이일로 풍랑을 만나 물에 빠질까 두려우니
물위를 걸어오라 하시는 말씀만 보이게 하시고
바람은 보이지 않게 하소서

지극히 작은 믿음이 하마 아버지 말씀 의심하게 되어
물에 빠져 허우적거리면
즉시 손내밀어 건지실 때
그때야 거두어지는 풍랑을 깨우쳐 주옵소서

물속에 잠기도록 버려두시지 않고
밤 사경에도 즉시 찾아와주시는 예수님

내가 나의 십자가로 힘들게 걸어가도
예수님 계시니 복됩니다

주님에게 향한 시선
다른 곳을 향하고 있을 때
결코 물에 잠기게 두지 마시고
말씀만 보이게 하시어

바람은 보지 못하게 하소서

비 오는 날

내일은 비가 올 것입니다
텔레비전에서 내일의 날씨를 알려주었습니다
그 말 새겨듣지 않고
오늘 아침 우산을 챙기지 못 했습니다

나는
종일을 남의 집 처마 끝에서 비가 그치길 기다리는
시간을 보내었고

말씀 챙기지 못하면
비 오는 날 비 맞고 다니는…
남의 집 처마 끝만 바라보는 인생으로 살게 될까

그렇게 될 줄 알기에 아버지 말씀 챙기며
오늘은 집을 나서고 있습니다

감사 하는 아침

떡 다섯 개 생선 두 마리
오천 명 먹이신 기적보다
남은 열두 바구니의 행방이 궁금할 때 많았다

하나님의 능력은 안중에도 없었으며
남은 열두 바구니는 누가 가져갔을까
예수님 말씀 잊어버리고 배를 채우는 것에만
마음이 더 쏠리던 때

이 땅의 한 끼
시기 질투 거짓말 미움 욕심으로
먹는 한 끼는 늘 배가 고팠고
먹고 먹어도 채워지지 않았던 그 시간

하나님 믿고 신뢰할 때
배고프지 않고 배부르게 됨을 깨우쳐 주신 은혜

아침에 깨어나 밥 먹고 커피 한잔
아버지 주시는 일용할 양식
이것만으로 족합니다

감사로 눈시울 젖는 아침

두부

예수님 설법이 따로 있을까

삶기어 맷돌에 갈리고
끓여지고 보자기에 짜여져
큰 돌에 눌리고 나서야 그때야 알게 되는 말씀
그 맛을 알고 나누어 먹을 때

그것이 예수님이 바라시는 설법이었다

욕심

아름다운 모습에 이끌려
멀쩡히 피어있는 꽃 꺾어 데리고 온다
데리고 오는 동안 잠시 기뻤으나
집에 도착하자 그 마음
꽃과 같이 시들해지고
물에 담구어 보았자 며칠 가지 않을 것 같기에
내어다 버린다

얼마가 지나고
나는 다시 또 꽃을 데리고 온다

그 꽃 누가 가져갈까 두지 못했다

아버지 이런 마음을
십자가에 못 박아주소서

예수님 나침반

나그네는
다른 곳에 머물거나 떠도는 사람
정처없이 외롭게 길 가는 사람을 말하지요

머물 곳 없는
허공을 머리에 이고 물어볼 누구도 옆에 없이
혼자 길 만들며 발길 닿는 대로 걸어가는 사람
그 길에서 혼자는 웃을 일도 울 일도 없어
입과 눈 닫고 걸어가는 길이지요

열심히 사는 일로 열심이지만
생각없이 정처없이 길을 가는 사람
나침반 없어
캄캄한 길에서 오늘도 헤매고 있는 사람들

나그네 같은 우리 인생길
그러나 아버지 믿고 살아가는 우리
나침반 되시는 예수님 계시니
숲이 우거진 깊은 산속 사막이나 광야에서
등불 되어 갈길을 밝혀 주신다

천국으로 인도하는 예수님 나침반
우리는 길 잃어버릴 염려없지요

겸손

산을 오르다 보면
위로 올라 갈수록 나무의 키 작아진다
높은 곳에서는 키 크면 클수록
큰 바람으로 부러지고 쓰러지는 것
나무는 스스로 키 낮추어 살아가는 방법을 터득 하였다

삶의 순간순간 엎드려 낮아지라는
예수님 말씀
나무는 이미 알고 있었나 보다

위와 아래
아래는 위보다 편한 은혜의 자리
네 편 내편 자랑할 일도 없는 자리

낮은 곳에서라야 나타내주시는 하나님 능력

나무는 이미 알고 있었던 것이다

깃발 되어 살지요

나 혼자
살고 있어도 행복합니다

하늘을 보지 않는 사람은 내가 있는 것도 모르지만
찾아주는 사람도 알아주는 사람없어
외롭게 살고 있어도
천국 소망 있기에 하늘 보며 살지요

소망 있는 삶
아버지 믿고 의지하며 펄럭일 때
세상에 눈물 날일 많아도
혼자서도 할 수 있는 기도가 있지요

보잘것없는 몸이지만
아버지 내려주시는 은혜와 사랑
허공같은 세상에서 펄럭이며 살고 있지요

아무도 보아주지 않지만
하늘 가까이 하며
살고 있는 나 행복하지요

가을 담쟁이

푸른 잎을 자랑하며 교회 벽에
붙어서 살아가고 있던 담쟁이
옆도 뒤도 돌아보지 않고 열심히 지붕의 종탑만 바라보며
벽을 타고 오르는 일에 분주 했지요

담쟁이의 마음에 존재하고 있었던 것은 언제나 푸른 계절

가을이 되고야
담쟁이는 조금씩 기운을 잃어 가면서 주위를 살펴봅니다
그제야 교회 벽에 살고는 있었지만
자기만 생각하고 살아온 지난 날
나를 드러내기에 바빴던 날
아무것도 한 것이 없다는 생각에
부끄러워 얼굴이 빨갛게 물들고

어느덧 인동의 계절
빨개진 얼굴로 떨어질 곳만 내려다봅니다

그러다 문득 떠오른 생각
다시 봄이 올 때는
벽에만 붙어 있지 않기로 다짐합니다
그러고 나니 겨울도 두렵지않아
무엇인가 할 수 있을 것 같은 소망에
찬바람에 떨어질세라 벽을 단단하게 붙잡고
전에는 혼자 오르던 길을
어깨를 나란히 함께 가리라 생각합니다

함량 미달인 모두를 사랑하시고 고쳐 가시는 예수님
원하시는 마음을 이제야 알아가고 있는 담쟁이

예수님께 맡깁니다

텔레비전 보고 있는 손주를 보고 있다
엄마 눈치 보느라 볼 수 없었던 텔레비전
할머니는 뒷전이고 신경이 온통 화면에 가 있다
잠시 아린 마음에 어깨를 가만히 쓸어주자
알고 있다는 듯 뒤를 돌아보며 웃어준다

그 웃음이 사무치도록 예쁘다

이제 할머니 마음 알아주는 나이

예수님
이 아이 갈대 상자에 넣어 보내드립니다

떨기나무에 오신 하나님

보잘것없는 떨기나무에 예수님 계셨다
모세를 찾아오신 예수님
늙어 아무것도 할 수 없다는 모세의 핑계
거룩한 곳이니 신을 벗어라
능력보다 순종을 바라셨다

이스라엘 아니 우리를 살리려 오신 예수님
호렙산의 떨기나무는 불타지 않았고
모세의 순종을 바라시며 떨기나무 가운데 계셨다

갈릴리바다 고기 낚던 사람
베드로를 찾아가신 예수님
사람 낚는 어부 되겠느냐
주님 말씀에 주님 길 따라 나선 시몬 베드로

진흙을 눈에 바르고 눈을 뜨게 된
성경에 쓰여 있는 눈먼 사람

아버지는 순종만을 바라셨다

부족하여 아무것도 할 수 없다는 것
모두가 내 핑계였다

몸 아닌 마음이 추웠다

생각없이 주워들은 말 한마디
추운 마음을 검은 봉지에 가둔다

이렇게 하면 춥지 않겠지 꽁꽁 묶어 넣었다

하나님은 멀리 계시고

속을 모르는 바람이 검은 봉지를
캄캄하게 담겨있는 마음만 흔들다 떠나고
초토화라는 말 쓰기 좋아하는 친구 권사의 말같이
마음이 초토화 된다

하나님 용서를 꼭 해야 하나요
봉지 속에 갇혀 묶여있는 이 마음을 풀어주세요
묶인 채로 검은 봉지 속에서 울고 있어요

하나님 도우심으로
상한 내 모습 나의 눈물을 닦아주세요
내 마음에는 선한 마음이 머물 자리가 없으니
마음에 여백을 만들어주시고

악을 악으로 갚지 않는 주님의 선하심
이 마음을 주님께 맡겨봅니다

예수님 용서의 십자가 따르도록
축복의 말씀주소서

복 있는 사람

복 있는 사람이라 불러주지 않아도
누군가의 복 빌어 줄 때
나에게 넘치는 복

아브라함 같이 축복 할 수 있을 때
복이 될지라 하신 하나님 말씀
우리는 왕 같은 제사장

악을 악으로 갚지 않고 욕을 욕이라 갚지 않을 때
가난도 복이라 살아갈 때
복되는 삶 살아가는 우리는 행복한 제사장
우리는 복 있는 사람

어렵고 힘든 길 아버지를 향한 신념으로
막힌 담을 헐어갈 때
모두에게 복이 되는 우리는 복 있는 사람

아버지께 딜하였다

오래 기다렸다 생각하고
오늘은 끝장을 보리라 엎드려 있을 때
하나님 그렇게 말씀이 없으시면

하나님께 감히 할 말 있다 말씀 드린다
이것 주시면 저것 드릴께요
지금 이라면
아버지 바라시는 일은 무엇이라도
건방진 기도에도 아버지 대답이 없으시다
기다리던 나도 할 말 잃고 엎드려 있다

침묵으로 답하시는 아버지
묵언만이 있는 아침이었다

기도는 내가 무엇을 얻기 위하여 사용하는
도구가 아니라는 말씀을 알고는 있었지만

하나님이 뜻을 이루실 때 우리가 도구인 것을
잊어버린 아침이었다

봉숭아

세상같지 않은 세상이 세상이라 외롭다 하는 사람
그 마음 알 수 없어
까맣게 탄 그 속내 알 수 있을까
봉숭아 꽃물 같은 마음가지고
하나님 말씀 찾아주는 기쁨에
한발 한발 가까이 갔을 때
꼭 다문 입술로 세상 탓만 하다가
드디어 터트리고 보여주는 그 속내
그 속에서 영글고 영글다
쏟아져 나오는 그 까만 씨앗들
그 씨앗 주워 하나님 뜰에 심어주었다

외로운 이 땅의 한사람
하나님 자녀로 싹트는 봄날
행여 마르지 않을까 조심 조심 물도 주고

어서 자라나
그 꽃 손톱에 곱게 물들이는 여름날
하나님 기뻐하시는 모습
주님 모르는 누군가에게도
그 꽃물 나누어주게 되는

감사기도

하나님 선하심으로 겸손과 충만을 알게 하시어 아름다운 마음으로 기도하게 하시고 살아있음에 감사하며 아픔도 외로움도 애씀도 번민도 이것도 한때의 축복임을 알게 하시어 소유가 적은 것도 많은 것도 기쁨으로 깨닫게 하사 가끔은 꽃같이 피어나는 사랑의 마음도 주시어 남보다 낮은 곳에 있어도 기쁨의 기도 하게 하시고 가진 것 없음에도 화려하지 않음에도 내손 잡고 가시니 감사 합니다 내가 사막을 건너갈 때도 붙잡은 손 놓지 않으시고 내 짐 나누어 져주신 그 은혜 또한 감사합니다 세상에 눈물이 마르고 사랑이 우주를 떠나고 있습니다 오늘 잠시라도 어린 아이의 마음이 되어 울게 하사 넉넉한 마음으로 기도하게 하시고 세상의 미련으로 걸어갈 때 들어가지 못하는 하나님 나라 예수님 제자 되기 위하여 무거운 돌 지고 걸어가는 삶이 세상의 파도에 쓸려가지 못 하도록 주님 주신 배려임을 알게 하시니 감사 합니다 우리에게 좁은 길 걸어가게 하심은 주님 영광 온 땅 덮을 때 우리를 맞이하시려는 아버지 은혜도 감사합니다

아멘

오월

꽃들이 폭죽을 터뜨리는 오월
하늘 우러러
우리에게 내려오는 하나님 축복을 기대 하세요

우리의 일상도 푸른 마음 되어
땅위에 심어놓게 되면
한 송이 꽃으로 피어나는
아버지 사랑 기억 하세요

추운 계절은 잠시
오월의 햇볕을 아낌없이 부어주시는 아버지 사랑
마음껏 가슴에 담아보아요

그 사랑으로 물올라
싱싱하게 잎 틔우는 나무처럼
오월의 축복을 함께 나누어가요

아버지 축복 속에 모두가 피어나는 오월에는
사랑의 마음도 함께 키워 가보세요

우리 모두 아버지 영광 속에 자라나는
모두의 꽃으로 함께

밤 기도

종일 어떤 말 하고 다녔는지 기억에 없고
너무 많은 말을 하고 다녔다는 생각밖에
그 말의 행선지는 더욱 모르니
그러니 데리고 올 수도 찾을 수도 없지요

하나님 이 밤 때늦은 후회합니다
분명 누군가 내가 한 말로 마음이 추웠다면
그 마음 사랑의 옷을 덧입혀
아버지가 따뜻이 감싸주세요

알고도 몰랐다고도 하지 못하는 변명에
나의 입술로 저지른 죄를 용서해주세요
누군가의 마음이 춥지 않도록 위로해주세요

하나님 저의 힘으로는 용납할 수 없어
부탁하는 기도만 올려요

세상의 미련으로 걸어가면 들어갈 수 없는
하나님 나라

모든 것을 희생하는 그 믿음을 갖고 싶어요

선물

발밑 땅의 회전으로
나 혼자 길 가는 것 어지러 울 때
녹색의 잔디와 황금빛 태양으로
인도 하면서
그렇다고 절대 권력은 휘두르지 않았으며
다만 생생하게 느낄 수 있도록만
재치와 아름다움을 세우고 가는 것으로 충만하게
먼 길을 변덕 부리지 않고 부정하지 않는
머리와 생각으로
당신이 주신 통로를 걸어가게 허락하시어
십자가 앞에서 추락하지 않는 사랑과
당신에게 있는 아름다운 마음과 재치를
나누어 주시어 정의에서 벗어난 삶을 살게 하지 않으신 것

당신이 없었다면 습관적으로 숨 쉬고 있을 존재
죽어있던 내가 지금은 살아있고
받은 것 중 가장 좋고 큰 것으로
당신의 사랑과 마음을 나누어 주신 것

토기장이 예수님

내가 알고 있는 어떤 사람
매일 물레를 돌리고 그릇을 빚어 가면서
그 그릇 마음에 안 들면 미련 없이 버린다 하였다

하나님 나를 만드시며 몇 번을 버리려 하셨을까
양각으로도 음각으로도 마음에 들지않아
얼마나 고민이 많으셨을까

그러나 하나님은 버리지 않으셨다
나 같은 인간도 하나님 형상 닮게 하시려 심혈을 기우리시고
사랑하며 빚으셨다
나의 모습 그대로를 사랑 하셨다

그러나 나는 오늘도 하나님 얼굴 피하고 다녔다

우리는 모두 주님의 작품
주님 생각대로 빚으시고 다듬어 가시는

오늘도 물레를 돌리고 계시는 예수님

넘치나이다

시인에게는 시 쓰는 일 형벌이라 하지만
형벌이라는 이 시 쓰는 일
아무 재주 없는 저에게는 은혜입니다
잘 쓸 수 있는 것도 은혜이지만 잘 쓰지 못하는것
부담없게 하시니 또한 은혜입니다
보는 것 듣는 것 생각하는 것
그대로 쓰면서 사는 일 재주없는 제게는 그저 은혜입니다
눈에 띄게 잘 하지 못하고 늘어만 놓아도
아버지 넉넉하게 주신 은혜입니다

그 자리에서 머물고 물러서기를 잘하는 제 믿음의 측도
가늠하여 점검하는 시간 되니
아버지 주신 넘치는 은혜입니다

시인들의 재주에 도달하지 못하여
부담스럽지 않으니
그래서 시 쓰는 일 행복하고 즐거운 일입니다

주님 한 번만

저물어 가는 이국의 하늘
포도주 빛으로 익어갑니다
저기 노천카페에서 하루를 마무리 하는 사람들
노을이 만들어주는 칵테일 한잔
그 노을 같은 한잔을 마시며
탱고를 추고 있는 사람들
그 춤을 함께 하면 안 될까요

이민자의 땀과 노동
붉고 푸르고 노랗게 물 올린 지붕들
그간의 고통을 이야기 하고 있는 것 같아
노을 앞에서 더욱 화려하고
묘한 마력을 가지고 닥아옵니다

적지 않은 시간 가방을 싸고 풀었지만
오늘 여기 리마의 노을
나그네 마음을 훔쳐 달아나네요

이국의 하늘은
아버지를 기억하지 못하는 사람으로 만들어 가고

아버지 한번만
작은 별빛 같은 사랑으로 눈 감아 주시면

나비 전도사 ^{함평에서}

헤아릴 수 없는 많은 나비가 날아다니며
이 꽃 저 꽃으로 꽃이 씨앗을 맺도록
꽃가루 열심히 옮겨주고 있다

씨앗이 되는 말씀
복음처럼 꽃가루가 묻어 있는 다리
새로운 생명 잉태 시키려 부지런히 날아다니며
열매 맺기를 바라는 간절한 마음으로
어여쁜 날갯짓 하며 옮겨다닌다

하늘 아버지 만드신 아름다운 생명들
아버지 말씀 알리려고 이 생명 저 생명으로
비쁘게 날아다니며
잉태하는 기쁨으로 열심이다

능력도 열매 맺는 것은 주님의 일이라
날아다니는 일에 열심이었다

겨울나무

무성하던 잎들이 제 갈 길 찾아떠나고
나무는 쓸쓸합니다
이제는 그늘도 새의 먹이도 살지 않지요

봄과 여름 그 풍성 했던 날이 그립습니다
도란도란 모여살던 그때가 그립습니다

벌거벗고 서 있는 몸으로는 아무것도 할 수 없다는 생각
아무도 찾아주지 않아
나무는 쓸쓸 하지요

그때 찾아오신 예수님
나무에게 봄을 기다리는 마음을
꿈과 소망을 선물합니다

예수님 선물에
이제 나무는 더 이상 쓸쓸해하지 않으며
봄을 기다리는 마음으로
풍성한 여름을 기다리는 마음을 함께합니다

아버지 선물에는 충만해지는 사랑이 있어
오롯이 그날이 오기만을 기대하는 마음으로 행복합니다

세례식

죄는 죽고 새 생명 받아 태어나는 날
예수님과 하나 되어
하나님 속으로 들어가는 날

하나님 기뻐하시며
하늘에서 꽃비 내려주시는 날
아버지 언약 속 자손 되어 아버지 품속에 들어가는 날

보배롭고 존귀한 아버지 아들 딸
하나님 나라의 등잔 되어 불 밝히는
빛나는 인생 되라
아버지 축복하시는 귀하고 귀한 날

아버지 자녀 되어
모든 것이 성령님 안으로 걸어들어가
귀하고 귀한 성령의 열매 만들며 살아가게 되는
우리 모두 시냇가의 나무
하나님 정원의 포도송이
아버지 기뻐 웃으시는 날

그리스도의 옷을 입는 성령님이 주신 은혜
능력으로 나타나게 하사
예수님 닮아 가는 삶으로 살아가게 하시는 날

구원받고 예수님 안으로 들어가는 날

서로 사랑 하라

성경책 곳곳에 밑줄 그어놓은 말씀
서로 사랑 하라는 말씀
예수님 걸어오시며 가장 많이 보여주셨던
우리에게 가장 강조하시는 말씀은
서로 사랑하는 일이었다

이야기 할 시간이 많지 않았던 마지막 그 밤에도
서로 사랑하라 하셨던 그 말씀
말이 되지 않아도 이해가 되지 않아도 서로 사랑하라
품앗이 사랑 아닌 그저 사랑하라
예수님 가장 좋아하셨던 말씀
백번 천 번이라도 서로 사랑하라 하시던 말씀

밑줄 그어 놓은 그 말씀
성경책 덮고나면 저만치 달아나는 말씀
지금까지 내가 하고 왔던 잘못된 사랑
예수님이 하시는 사랑하고 사랑하는 일
우리에게는 참 어렵고 힘이드는 일

아버지는 이 어려운 사랑을
우리에게 매일 넘치도록 부어주시니

내가 환대받지 못함에도 서운치 않는
마음을 축복으로 주시옵소서

새벽 길

오늘도 주님 위해 살기 원합니다
주님만 사랑 하며 살게 하시고
이 기도 잠깐이며 너희들 위한 기도는 오래도록

넘치는 축복으로 고귀한 영혼가진 인생 되게 해주시라
언제나 기쁨이 되는 기도
이미 준 것은 하나도 생각나지 않고
다 못 준 것 미안해하는 사랑의 기도
새벽에 하는 기도는 늘 한 가지 뿐

그러나
하루를 아버지께 맡기고 오는 시간
돌아오는 길은 언제나 편안하고 뿌듯하다

긴 밤 보낸 길가의 꽃들도
한동안 오지않은 비에 기운없어 하드니
아침에는 말간 얼굴을 하고 있다
잠깐의 가뭄에도 힘들어 하는 꽃을 생각하며
우물이 없어 사람이 먹을 수 없는
물을 먹고 병들어 가는 아이들

내일 새벽에는 물 없는 곳에 우물주시길
그것을 소원으로 기도 하고 돌아오는 새벽길 되기를

아버지 뜻이었지요

혼자서 기도 하시던 산상에서의 기도
언제나 외롭고 가난하게 사는 것
아버지 뜻이었지요

우리에게 생명주시려는 십자가 죽으심
우리를 살리는 일이
아버지 뜻이었지요

내 뜻대로 되지 않는 세상
내 뜻대로 살아갈 수 없는 인생
저에게도 알게 하여 주신 이 하늘의 뜻
조금씩 알아가며 배우고 깨달아가는 시간
아버지의 뜻 어긋나지 않게 살도록

예수님 따르리라 하면서도 항상 뒤를 돌아보는 믿음
오늘도 내일을 깨우쳐주시려고
함께 걸어가시는 아버지의 뜻이었지요

냉탕과 온탕을 드나들다

아버지 누구를 축복하기가 어려울 때 있지요

얼음이 녹을 때 시간이 필요하듯
언 마음을 녹이는 데는 시간이 필요 하겠지요
성경 구절도 불러오고 찬송도 하고
제일 잘 암송 하는 주기도문 몇 번씩 외우기도 하면서

그러다 떠오른 생각
아침에 눈 뜨고 밥 먹고 걸어 다니는 것 감사에
나도 누군가에게는 축복 받지 못하는 사람
결코 녹을 것같지 않고 얼어있던 마음이 녹아내리고
그제야 그 사람 위한 축복 기도 하게 될 때

목욕탕에서 건강 지키려 드나드는 온탕과 냉탕
그것과 다른 용서와 축복 사이를
오늘은 종일 냉탕과 온탕 사이에서 헤매었다

아버지 지금까지 내가 해온 사랑은 어떤 사랑이었을까요
이 어려운 사랑을 어떻게
매일 하시고 계시나요

축복에 넉넉한 자 되게 하시고
예수님 뒤만 쫓아가게 하여 주시길
주님 주실 화평을 기도합니다

예수님께 여쭙니다

주님도 외로울 때 있나요
이 세상 모두를 다 가지신 주님도 외로운 날 있나요

너와 나는 한 몸이라 하셨기에 언제나 함께 하신다 해서
감히 여쭈어봅니다

애써 쌓아놓은 것이 모래성이 되고
한 일만큼 인정받지 못한다고 생각할 때
울고 싶었던 심정을

가롯 유다의 배반
나도 십자가에 못 박히면서
많이 외롭고 무서웠다 말씀은 하지 않으시지만
매일이 슬프고 고단하며 아팠다며

주님은 빙그레 웃고만 계시는데

그토록 따르던 시몬 베드로
닭 울기 전 세 번 아버지 모른다 했지요
38년 된 병을 고치고도 예수님 사랑을 제대로 몰랐던
베데스 연못의 병자

우리 모두의 잘못으로 세상에서 제일 외로우실
아버지는 오늘도 웃고계십니다

오늘도 아버지 원하시는 마음은 여쭙지 못했습니다

응답하시는 하나님

아버지 이것이 부족하고 저것도 부족하다 끊임없이 보채고
여기도 아프고 저기도 아파요
육체의 아픔도 모두 아버지의 탓

그러나 마리아는
잔치에서 포도주가 모자랐을 때
화이트 와인도 아니고 레드 와인도 아닌
그저 예수님께 포도주가 없다는
상황만 얘기 했지요
그럼에도 포도주는 잔치가 끝나도록 차고 넘쳐
부족하지 않았고

그러나
나는 더 기다릴 수 없다는 조급함에
이것 안주시려면 저것이라도
그리고 가끔은 억지를 부린다

내가 너희 안에 있고 너희가 내 안에 있으면
부족함이 없으리라 하신 아버지
기다리지 못하고

손에 쥐어 주어야만 직성이 풀리는
부끄러운 믿음에도
오늘도 응답 하고 계시는 아버지
예수님

이미 내 잔이 넘치도록 채워주신
예수님

코이노니아 하우스

천국으로 가는 집
아버지 사랑 충만 한집
산돌 되신 아버지
아버지 닮아가며 산돌이 되어가는 집

텅 빈 머리도 발뒤꿈치의 각질도 보여주며
아픈 다리의 관절도 함께 가야 하는 사람들 모여 사는 곳

아버지가 우리를 사랑 한 것같이 서로 사랑하라 시는
말씀 따라 살고 있는 집

한 사람이면 패하겠거니와 두 사람이면 맞설 수 있고
세 겹줄은 끊어지지 않는다 (전도서 4장 12절 말씀)
하신 말씀 믿고 함께 길 가고 있는 우리들의 집
세상에서 가장 귀한 우리의 집

우리 모두 하나님 앞에 설 때까지
예수님 말씀 따라 만들어가며 살아가는 집

그림자 예수님

나무에게 그림자는 항상 있었지요

가지를 키우고 잎을 키우는 바쁜 일상으로
그림자를 한 번도 아는 체하지 않았지만

어느 날 시작된 장마
매일 내리는 빗물에 물먹은 가지와 잎으로
몸이 젖어 무너질 것같은 나무

그때야 두렵고 외로운 마음이 되어
의지해야 할 누구를 주위를 둘러봅니다

보이지 않는 그림자
장마에도 떠나지 않고 기다리시던 예수님
언젠가는 끝나리라는 말씀 주심을 믿음으로
나무의 마음이 편안해져 갈 때

어느덧 끝이 난 장마

나무는 등 뒤에 그림자 예수님 계시니
이제는 해가 나도 비가와도 언제나 꿋꿋하게
하늘만 바라보는 소망 가운데 살아갑니다

가시를 주신 하나님

몸속에 많은 가시를 가진 물고기
물속을 유영하면서 편안하게 살고 있다

하나님 바울에게 육체의 아픔을 가시로 주셨다
바울도 물고기같이 이 가시를 고난이라 생각지 않았다
온전하고 강하게 만드시려는 하나님 은혜라
유익한 자랑으로 삼았다
박해의 곤고함에서 자유 함을 얻은 바울

하나님 우리의 몸속에도 육체의 아픔과 마음을
불안한 인생을 가시로 주시어 살아가게 하셨다
우리를 겸손하게 하시려는 하나님의 마음
가시는 우리의 나약함에 눈물이고 아픔이다

순간순간 이 잔가시 통하여 기도하게 하시는 하나님
기도하게 하시려는 하나님 배려였고

능력이 약한데서 온전하게 되어 짐이라
자만하지 않게 하시며 능력을 머물게 하시려는
하나님 내리시는 은혜이었다

빼어내고 싶은 이 가시
우리의 순종과 기도를 바라시는
하나님 마음이었다

영광도 고난도 함께 하시려는 아버지의
사랑이었다

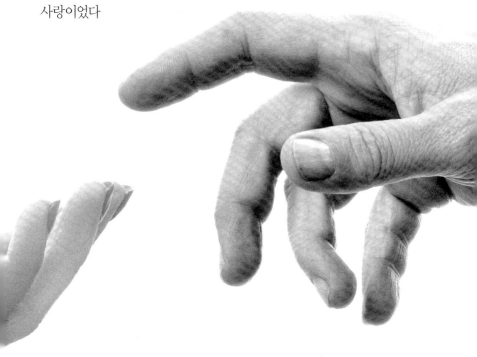

예수님 먼저와 계셨다

이해가 되지 않고 예측도 되지 않는 우리 인생길
오만함으로 가득 찬 그 바다 앞에 서 있게 되면
우리의 눈에는 길을 막고 있는 파도만 보인다

한 번이라도 그 바다 건너가야 하는 우리의 삶

건너갈 배는 어디에도 없고
하나님 약속의 말씀은 듣지도 보지도 못한
이방인이 되어서 기억하지 못하는 말씀이 되어
불안함으로 두렵고 험한 파도에 어쩌지 못하고 있을 때

모세에게 지팡이를 치게 하신 하나님

미련하고 바보같은 생각일 지라 하여도
믿음으로 물속을 걸어 들어갈 때 홍해는 열렸다
지팡이가 가위되어 바다를 갈랐다

그 믿음에 바다길 열어주시는
이스라엘을 구원하신 예수님

우리의 삶이 홍해 앞에 서 있을 때
바다를 가르시며 인도 하시는 예수님
우리가 큰 산이나 바다 앞에서 막막할 때

우리에게도 길 열어 놓고 기다리시는 예수님

우리의 홍해 길 광야에서도
지팡이 내려치고
믿음으로 걸어들어 들어가면
그곳에는 언제나 예수님 먼저 와 계셨다

뜨개질 기도

천 마리 학을 접으며 천 번의 기도 한 적 있다
그때를 생각하며
한 코 한 코에 정성을 다 한다

나의 사랑하는 가족들
건강의 축복은 푸른색
빨강은 바라는 것의 성취
보라는 마음의 평화
빠질 수 없는 물질의 축복은 노랑으로
그림을 그려가듯 뜨개를 한다

하나둘 꽃의 모티브는 살아나고
미소로 웃고 계시는 예수님

마지막 잎사귀를 초록으로
마무리 하면

주님 그늘에서 항상 살게 하시라
이길 수 있는 고난만 주시라

나의 뜨개질 기도가 끝나고
어느덧 완성되어 있는 한 개의 방석

수국의 얼굴에서

아침에 눈을 뜨자 달려간 베란다 꽃밭
적심해 놓은 수국의 얼굴을 본다
어제까지 똘똘했던 얼굴이 찡그려 있어
기운잃은 몸에 물을 뿌리고 부목도 받쳐준다

수국의 얼굴에서
문득 모든 것의 삶을 주관하시는 예수님 생각합니다

나의 생각과 수고는 하찮은 것일 뿐
수국의 생명을 우리의 생명도 주관 하시는 예수님

꽃 하나의 생명도 예수님이 주인이심을
모든 것이 예수님의 은혜 가운데 있음을
깨닫는 아침입니다

똘똘한 수국의 얼굴을 주님 부탁드려요

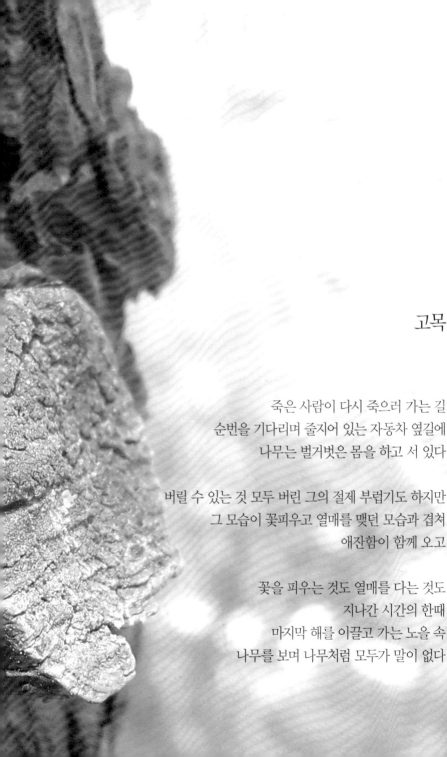

고목

죽은 사람이 다시 죽으러 가는 길
순번을 기다리며 줄지어 있는 자동차 옆길에
나무는 벌거벗은 몸을 하고 서 있다

버릴 수 있는 것 모두 버린 그의 절제 부럽기도 하지만
그 모습이 꽃피우고 열매를 맺던 모습과 겹쳐
애잔함이 함께 오고

꽃을 피우는 것도 열매를 다는 것도
지나간 시간의 한때
마지막 해를 이끌고 가는 노을 속
나무를 보며 나무처럼 모두가 말이 없다

세상의 고통 그치고 평화로 가는 통로
죽은 사람에게도 살아갈 사람에게도
모두에게 평화 있으라는
죽은 자를 위한 진혼곡 포레의 레퀴엠으로
모두의 마음이 숙연해 질 때

평화의 시작도 끝도 하나님 뜻
살아있는 것에 감사하는 시간

그날 우리는
죽은 사람이 다시 죽으러 가는 길을 나무와 함께 하였다

간절한 사랑

당신의 말씀을 믿고 무릎을 꿇었던 처음의 그때는
당신만 사랑하리라 했지요

그러나 지금은
산사의 돌계단에 앉아서
저물어 사위어 가는 빛으로
변해 가는 사랑을 생각 하며 다른 사랑 구걸 할까
생각하지요

사랑이 변할 때는 그만한 이유가 있고
간절한 사랑일 수록 도라 서기가 쉽다는 것
그것도 이유는 되지요

당신의 사랑이 절실할 때 돌아보지 않는
당신을 당신의 사랑을 의심하고는 있지만
사랑이 떠나는 것은 원하지 않아요
당신을 향한 마음을 도무지 떨쳐내지 못하고 있으니까요

상한 갈대조차도 꺾지 않으시는 분이
기다림에 상한 마음을 몰라라 하시지는 않으리라
그 사랑의 말씀 다시 믿고 새겨보는데
처음도 끝도 침묵인 지금

아버지
간절한 사랑의 답은 왜 이렇게 더디게 올까요
당신이 돌아보실 때까지 엎드려 있는 믿음 원합니다

가을 그 길목에서

노을을 안고 걸어가고 있는 내가
문득 발을 멈추게 되는

모두가 혼자가 되는 계절
아침에 보았던 보랏빛 들국화
그 애잔한 빛을 사랑 하는 마음으로
누군가의 사랑의 말을 기다리는
사랑이 그리운 계절
길목에서 오던 길 되돌아보고 서 있다

사랑도 마음도 모두가 말라가는 이 가을에는
사랑하는 일에만 마음을 두게 하시고
당신의 사랑도 널리 알리게 하소서

혼자인 당신이 홀로 걸어가고 있는 길
내가 사랑하며 살 수 있는 날이
혹여 얼마인지 알 수 없으나

당신의 가을을 만끽 하게 하시는 은혜에
고개숙여 감사하면서

하루를 보내고

하루를 악수하여 보내는 시간
수고하였다 하시는 아버지 음성 듣고 싶지만
아무리 생각해도 아버지 위한 일 생각나지 않고
사랑하는 일에는 인색했고 멀리 돌아다녔다
아버지 오늘 하지 못했지만 내일은 하게 해 달라 기도하지만
사랑이 가난한 내 말 믿어주실까
눈물이 가난한 내 기도 들어주실까

오늘도 지고 다니던 빈 지게
아무에게 아무것도 날라준 것없어
담아올 것도 없었다

주님은 어떻게 이 어려운 사랑 매일 하시는 지
아버지 나의 인색함은 거두어 가시고
작은 영혼까지도 환대하시는 아버지 같은 믿음주시어
이 가난한 마음을 주님 사랑으로 덮어주소서

한 번만이라도 수고 하였다 그 말씀 기다립니다

주님 용서바랍니다

아버지 품에서만 살게 해달라
기도하고 약속했지만

한눈 파는 일은 네가 가장 잘 하는 일 중에 하나
바깥에 있는 애인을 버리지 못하고 찾아다니는
남편 외에 다른 남자 둔 여자처럼
집 밖을 나돌아 다니다
주일 날만 아버지 집에 찾아와서
아버지 품에만 살게 해달라 소리내어 기도 하지만
아직도 세상의 애인을 떨쳐내지 못하고 있는 바람난 여자

매일 회개의 기도를 하지만
주님만 사랑하지 못했고
오늘도 주님만 사랑하게 해주세요
용서 바라며 무릎 꿇고 엎드려 기도합니다

세상의 미련으로 하나님 나라 들어가지 못할까
두려운 이 마음을 받아주옵소서

종려나무

기도를 하고 있지만 돌아보지 않는 아버지
그만 둘까 생각하다
기도는 이룰 때까지 해야 한다는 목사님 말씀
가슴에 다시 손 모았다

그때 떠오르는 할머니 말씀
부족한 것 있어야 사람같은 사람 된다
예수님 모르셨던 할머니는
부족한 것에 항상 감사 하셨다

덜 채워도 부족해도 괜찮다는 아버지 말씀
부끄러운 가슴 쓸어내렸다

바람 불고 비 온 날 많이 있었지만
지금은 햇볕 충만한 날

나는 아버지 뜰에 심겨진 행복한 종려나무

연인으로 살다

처음 만나던 그날에는
부끄러움에 조금 머뭇거렸지만
그 때에 사랑하는 사이 되었다

사랑을 하고 난 후
당신의 그늘에서 살고 있는 것만으로
나는 두려움과 부족함을 모르는
세상에 부러운 것 없는 행복한 사람 되었다

한눈을 팔고 외박을 하여도
그런 나를 기다려주며
언제나 부탁만 하는 나를 귀찮다 하지 않고
넉넉한 마음으로 눈동자같이 지켜주면서
어떤 잘못도 나무라지 않는 그 참사랑으로

당신으로 감격하여 무릎을 꿇게 된
그때부터 이 사랑을 그만 둘 수 없었다

당신과 나
우리는 영원히 사랑하는 연인이 되었고
나는 그 사랑에 매일 감격하고 물들어 가는 중이다

천국 파티

주님을 원망하며 수근 거리는 바리세인에게
예수님 의사는 병든 자에게 필요하다 하셨다

잃어버린 양으로 마음 아프신 아버지께
한 마리 양 찾아 아버지께 인도하는 날
내가 사랑하는 모든 사람
삶의 모든 자리가
넉넉히 베푸시는 사랑과 안식으로 영생을 누리도록
빈들에서도 몇 개의 떡과 물고기로 베푸시던
하나님 기적 알려주는 시간

주님의 복을 받는 통로가 되라
작고 보잘것없는 인생 되지 말라
하나님 잔치에 초대하는 날
주님이 일하시는 천국의 잔치

먹고 남은 부스러기 아닌 가장 좋은 것으로
넉넉한 기쁨으로 만족함으로
주님 베푸시는 존귀한 잔칫상

내 사랑하는 모든 사람이
레위가 마태로 태어나는 예수님 기적
우리 함께 맛보는 천국 잔치

쉽게 하시는 하나님

아버지 말씀 분별 못하고
여기저기 뛰어다니다
바퀴벌레처럼 엎드려 있다

오늘도 빈 지게 지고 뛰어다녔다
다리도 뻐근하고 어깨도 아프다
주님을 몇 번이나 생각 했는지는 기억도 없다

그러나 피곤한 우리에게 하나님
밤을 주시고 잠도 주셨다

지고 다니던 지게 내려놓고 아침까지
주님 품속에서 쉽게 하시는

평생을 일만하고 여기까지 온
퇴행성 관절로 수술하러 병원 가신 권사님
육신에 아픔 주시어서라도
쉽게 하시는 아버지

어두움이 포개지는 시간
오늘 하루를 감사함으로 마감하는 하늘이
검은 휘장을 내리고 있다

참회

사랑을 많이 하고 살고 싶었지만
그러나 사랑을 조금만 했다
아버지 하시는 것은 아무것도 아닌 것이
내게는 짐이 된 날 많았다

오늘 삶이 얼마 남지 않은 친구의 병실에서
모든 것 나누어 주고 주님 사랑 실천하며 떠나는 친구를 보며
그에게 무서웠던 것은
육체의 병이 아니었음을 알았다

눈 감은 사람이 눈 뜬 사람 위로 할 수 있는 것

교회의 지붕 십자가를 보면서도
참회 하는 마음을 가진다는 그 시인의 마음으로
참 부끄러운 하루였다

모두가 아버지 정한 일

꽃잎은 곧 떨어진다는 사실을 알면서도
불멸함에 참신한 모습 갖기를 애 쓴다

흙으로 만든 옛날 그릇처럼 허약하고
숨 한번에도 꺼져가는 등의 심지
붉고 노랗게 물들다가 떨어지는 나뭇잎

순간의 화려함은 잠시일 뿐
찰라의 순간을 지나가는 마음으로 의연할 때

가을에 생기는 모든 일
모두가 아버지 미리 만들어 놓으셨던 일
우리가 예측하지 못하고 살아가는 모든 것이
아버지가 정하신 일
바람이 나무를 흔드는 가을이 오고
우리가 낙엽으로 떨어지는
일출의 아름다움이 낙조의 아름다움이 모두가
아버지께서 정하신 일

지금은 철저하게 가을을 닮으며 꺼져가는 별빛으로 서 있지만
고대의 역사가 잊혀 지지 않는 것처럼
지금이 나의 시간인 것을

지난 여름의 초록을 다시 볼 수 있을까로
눈이 흐려져도 서글퍼 하지도 기죽지 말자

오월의 꽃도 감탄사를 부르게 하던 나무도
공허 하게 무너지는 가을빛 속에서

매정하다 싶은 가을도 풍요로울 수 있음은
우리의 가을에 주님이 계심이다

함께 걸어가는 길

호랑이 콩의 깍지 속
서로 다른 모양과 색을 가진 콩알들이 나란하다
태어나면서 가지게 된 다양한 모양과 색깔
다른 얼굴을 하고 있다

익어가기 전 세상의 모든 풋 것들이 가진
공통된 풋냄새의 비린내
그 비린내 가지고 여물어 가는 중인 풋콩들
깍지 속에서 함께 할 때
다양한 모양과 다양한 색깔의 비린내가
한동안 힘들게 했겠지

그럼에도 햇볕과 바람 천둥
열매로 가기 위한 고통을 함께하는 동안
서로가 다름을 배우며 익어 갔겠지
그리고 나서
가을을 향하여 나란히 함께 여물어 갔겠지

예수님 우리도 콩처럼 그렇게 살아가기 원하신다

모양과 색깔을 서로 다르게 가지고 태어난 우리
여물지 못한 생각과 마음
우리가 가진 비린내
말씀으로 다듬고 바꾸어 가시며
서로가 다름을 인정하게 하시어

깍지 속의 콩처럼
나란히 살아가게 만들어주시어
말도 이해가 되지 않아도 손에 손잡고
슬픔도 기쁨도 하나
나란히 살아가기 원 하신다

햇볕과 바람 되시는 예수님 말씀으로
우리는 지금 여물어가고 있는 중이다

예수님 몸 된 교회 안에서
살아 잇고 사랑 잇는
서로의 종이 되어

여백

소년 가수 정동원이 부르는 여백이라는 트롯
사람들이 전화기 충전은 잘 하면서
삶의 충전은 못하며 살고 있다 노래 부른다
충전하지 못한 마음은
삶에 여백을 가질 수 없다 노래 부릅니다

예수님 믿고 사는 우리
말씀 배터리 가지고 다녀
언제 어디서나 충전 할 수 있어
예수님 얼굴 향하기만 하면 되는 이것
아버지가 주신 선물입니다

소년은
사람이 버리지 못하고 비우지 못하여

만들지 못하는 이 여백
마음속 욕심의 장난이라 노래하면서
마음에 따라서 변하는 빈자리의 여유
누리며 살아가길 노래 부릅니다

사람들이 누리지 못하고 살고 있는
맑고 깨끗한 이 흰빛의 공간
하나님 뜰에서는 찾을 수 있어
믿는 우리에게 부여한 아버지의 권세
우리는 누리며 살고 있지요

때를 알고 계시는 하나님

며칠 동안 내리던 비 멈추고 해님이 얼굴을 내민다
거실에 널어 두었던 빨래를 서둘러 내어널고

할머니는 아무리 오랜 장마에도
하나님 가끔이라도 빛을 주시어
젖은 옷 입게 하지 않으신다며 고맙다 말씀 하신다

교회에 출석하지 않으시는 할머니
신기한 일이나 기쁜 일에는 꼭 그 공을
언제나 하나님께 돌리시는데

할머니는
때 맞혀 먹이고 입히시는
하나님 은혜를 진작 알고 있었나보다

그 분의 긍휼하심을

주님과 대화하는 아침

주님 음성 듣기위해 두 손 모으는 아침
하늘에 주파수를 맞추고
선명한 주님 음성 듣기 원 한다

아이 때보다 조금도 나아지는 것이 없음에
아버지 냉담해진 것같아
사랑을 잃고 버림 받지 않을까
전전긍긍 하고 있다

아버지 안부 보다 내 안부 먼저에도
성가시다 않으시는 눈치가 보이면
푸념은 시작되고

주님 음성 들으면 신비한 은혜 있지만
마음이 온전할 때만 들을 수 있고
마음이 화평해야만 들려주시니
우리의 만남이 함부로 된 것이 아님을 강조하는데

솔직할 때 서로 대화로 이어지는
그것이 우리 사이에도 규칙이라고 말씀 하셨다

오 하나님

잘못된 사랑으로
삼손은 힘의 비밀과 눈을 바꾸었다

그때부터 십년
삼손은 참회하면서 떠나신 주님을 기다렸고
처형의 날 되어서야 돌아보신 하나님
신전의 돌기둥은 약하였고
브레셋 추종자 멸하였다

앞이 캄캄하다고 통곡하는 사람에게
십년을 기다린 삼손 이야기해주지 못했다

절망하지 않는 믿음이 하나님을 믿는 믿음이라
하나님 응답이라
확실하게 말하여주지 못했다

하늘 아버지께

매일 전화를 걸어 이 땅의 어머니에게 푸념 하듯
하늘 아버지에게 푸념 한다
급한 마음에 안부는 뒷전이고 푸념만 한다고
어머니는 서운해 하지만
하늘 아버지 매일이 똑같은 푸념에도
얼굴 찡그리시지 않음을 내가 알고 있기에

이 땅의 어머니 내 전화에 마음아파 하면서
해 줄 것없다 한숨 쉬지만
하늘 아버지 나의 푸념 기억하고 계시다
때가되면 들어주신다

다급한 일이 생겨날 때는
내 수첩 맨 위에 이름 올라있는
나의 가장 소중한 친구 하늘 아버지
내 이야기 다 기억하고 계시다

십자가 앞에서

인생을 바꾸어 살아 보기위해
십자가 앞에 서 있는 시간은 오래
바리세인들처럼 낡은 옷 그대로 입고 있다

하나님의 의가 나를 통하여 살아나고 실천 될 때
불태워 지는 낡은 옷
오랜 시간을 주님 주여 외치고 살면서도
아직 태워 버리지 못한 낡은 이 옷

어떤, 아픈 인생도 버리시지 않는 예수님 사랑
실천하지 못하고
나는 오늘도 사랑의 목적을 잃어버리고
그 사람 그대로를 사랑해주지 못했다

버리지 못하고 입고 있는
내 품성과 아집

새 부대에 담겨질 새 인생은 언제쯤 일까
십자가 앞에서 오늘도 헤매고 있다

말 할 수없는 비탄으로
오이디푸스같이 눈 찌르는 일 없도록
이해와 경청으로 겸손 하게 하옵소서

오이디푸스 : 소포클레스의 희곡, 아버지를 죽이고 어머니와 결혼한 비극의 주인공

하나님 앞에서 아름다운 것

하나님 행하시는 일
때 맞춰 하나님께 순종 하는 일
일보다 때를 먼저 구별하고 내가 한 일보다
내가 들어야할 말씀 먼저
예수님 닮아 가는 하나님과 단절되지 않는 삶

돌밭에 뿌려지는 어긋난 인생 되지 않고
환난에 인내를 연단으로 다듬어가며
더 하심도 덜 하심도 없는 하나님 행하시는 일 가운데
우리에게 임하는 성령으로
홍해를 가르고 산이 평지가 되게 만들어
사랑이 사랑으로 흘러 열매가 되는

넉넉히 이기는 인생으로 살아가는 삶

바벨론

층간의 싸움으로 사람이 사람을 죽이고

사랑을 잊어버리고 용서도 잊어버리고
하나님 말씀이 살해된 날

하나님 얼굴 심각 하시다
오늘도 십자가에서 내려오지지 못하는 예수님

그 이름 믿는 자들은

예수님이 메시아 되심을 믿는 사람
참 빛인 복음의 빛 보게 되지만
가짜 빛을 좇아가서 볼 수 없는 자
세상에 참 빛으로 오신 그분 보지 못 한다

예수님 영접
혈통이나 육정으로 되는 사람의 뜻 아닌
오직 하나님께로부터 난자
주님, 우리 불러 주셨을 때 택한 자 되며

말씀이 육신이 되어 우리 가운데 거 하시매
하나님의 자녀가 되고(요한복음 1장 14절 말씀)
인생을 열어주는 친구가 되어
우리 가운데 친 그 천막 속
만남의 장소에서 예배드리는 특권을 가질 수 있다

참 빛 만나고 사는 삶
누구에게 걸림돌 되지 않는 삶

눈먼 자 눈 뜨게 하는 주님 영광 나타내어
주의 나라 선포 하는 삶
주님께 사용되는 삶

영접 하는 자
그 이름 믿는 자는
없는 것을 감당할 수 있는 인생으로 살아가는 자

(요한복음 1장 9절—18절 최 기은 목사님 설교말씀 중에서)

하나님은 선하시고

내 생각만 진실의 언어인양
떠들고 있었고
내 기준에 잣대를 만들어 붙이고 잘라내면서
부끄러운 줄도 모르며
없는 것에 기죽고 모르는 것에
당당 하지 못했다

잘못된 사랑으로 시간을 낭비하면서
혼란할 때 많았으며
덥석 문 낚시 줄의 미끼
욕심으로 물속에서 허적거렸다

내 아픔으로 남의 상처는 아무것도 아닌 듯
손 내밀지 못하였으며

기도는 처음 시작뿐
끝까지 하지 못 하였고

은혜를 은혜라 생각하지 않았으며
당연한 것이라 알았다

주님 앞에 무릎 꿇는 시간보다
밖의 출입으로 바쁘게 살면서

겨울 억새처럼 서걱 거리고 있을 때
따뜻한 온기로 다가오신 그 은혜
감사하지 못 하였다

받은 것을 한 번도 갚지 못했음에도
지나온 과오 눈 감아주시니

하나님 참으로 선하십니다

주일

빨랫줄에 널려 있는 하얀 옷들이
눈부시게 빛이 난다

오늘은
한 주일 동안 아프고 힘들었던 이야기
가슴 열어 보이려, 아버지 집 찾아 가는 날

모든 가시에 찔린 상처 아물게 하시는
하나님 집 찾아가는 날

우리 모두 아버지 집 찾아가
저 깨끗한 흰빛 같이 되지 못 한다 해도
지난 시간 상처 회복하여
세상의 더러움 씻어 널고
돌아오는 길은 다른 일상 되어서
빨랫줄에 널어놓고 오는 날

하루라도 기억하는 사랑으로
주위를 돌아보며 섬기고 흘러가게 하는 일

생각해 보면
오늘은 이것 말고 중요한 일 더 무엇 있을까